Hamburger Wörterbuch

Helmut W. Merten

Hamburger Wörterbuch

„Worte aus der Bibliothek des Herzens"

http://www.hamburgerwoerterbuch.de
http://www.hamburgerwörterbuch.de

Bibliografische Information der Deutschen Bibliothek:
Die Deutsche Bibliothek verzeichnet diese Publikation in der Deutschen
Nationalbibliografie; detaillierte Daten sind im Internet über
<http://dnb.ddb.de> abrufbar.
http://www.li-li.li
http://www.hamburgerwoerterbuch.de
http://www.hamburgerwörterbuch.de

© 2005 *Helmut W. Merten*
Herstellung und Verlag: Books on Demand GmbH, Norderstedt
ISBN 3-8334-3356-6

Inhalt

Moin, Moin ...

**Der Mensch ist das SEIN
um zu WERDEN**

In diesem Sinne wünsche ich meinen
Leser/innen ein angenehmes Verweilen im

Hamburger Wörterbuch

„Worte aus der Bibliothek
des Herzens"

Grüße aus Hamburg
Autor: Helmut W. Merten

Brief von Theo van Gogh

Da ihr, meine Darbenden, die Hierseits-Verdammten, den Worten der Aufklärung der Freiheit verbunden seid, ja sie ersehnt, habe ich mich selbst veranlasst, meinen Geist aus den jenseits-lethargischen Verhältnissen zu erheben, um diesen Erdkokon (Sarg) zu verlassen.
Mein physisches Schicksal weder bedauernd, meine erdliche Endlichkeit, kurzum meine Selbstverwesung missachtend, ist meine Wiederkehr zu euch nun beschlossene Sache.

„Es" bedarf nicht einer Erklärung, oder?
Eure Belesenheit weiß es.
Was war diese Aktion einer Amok rennenden Kreatur?
Seit wann hatte ich, van Gogh, was gegen den Koran?
Ein mannhafter Dialog mit dem Abgesandten der spirituellen Jenseitsdellung wäre sicherlich anders drin gewesen.
Mir wurde gewahr, was da aus der Amok-Gasse des Lebens kam, war die Botschaft eines Hinterhofpredigers ...!
Warum tobte man das an mir aus ...?

Werte Verdränger, warum verdrängt ihr ... van Gogh?

In Erwartung, dass die Geschichte, euer sozial korruptes Fäkal-IQ, durch ihre Kanalisation knallen wird und dabei eure historische Ortung oder Selbstfindung unbedeutend bleibt, erfreut mich die Erkenntnis:

„Der Urknall der Freiheit beginnt mit der Aufklärung."

Wie ihr, meine Darbenden, wisst, vermisst euch euer Theo van Gogh sehr. Folgt nun der Eingebung eurer Weisheit Begierde, begleitet mich zu einem für euch erschaffenen Ort … und das sehr unerwartet, „van Duitsland" (aus Deutschland), dem Freiraum der

„Worte aus der Bibliothek des Herzens".
In freudiger Aura werde ich nun unter euch im Geist der Freiheit verweilen und diesen mit euch teilen.
Lest und blättert einfach um …um …um …

Euer Theo van Gogh

P. S.: Nicht die kontroversen Ansichten von Theo van Gogh sollen hier weiter erwähnt sein, sondern die Tatsache, dass er für seine Meinung unter den Lebenden vermisst wird.

Daher muss er ausgehend von seinem Jenseitszustand verstanden werden …

Hier nun die diesseitsbriefliche Antwort des Autors …

„Paradiesisch oder unparadiesisch"

„Paradiesisch oder unparadiesisch"

Sehr geehrter Herr Theo van Gogh, können wir uns überhaupt vorstellen, was einen Attentäter erwartet, wenn der mal vor Gott, seinem Allah, steht?
Tja, da muss wohl sehr viel leutselige Spannung sein. Wie wird er wohl belohnt werden? Was sagt der Gott der Liebe zu ihm?

Begeben wir uns, dieser Situation folgend, zu einem entsprechenden Gleichnis.
Herr Amok rennt abermals nach seinem Tode, denn er will ins Paradies. Da er offensichtlich kein Bewusstsein von Schuld und Sühne empfindet, gewährt ihm Allah, an seiner Güte vorbei,
Einlass zur Pforte der Glückseligkeit, denn Allah prüft, sieht und gewichtet jeden rechtschaffenen Gläubigen gemäß seinen irdischen Taten[1] …
Grundsätzlich gilt, versprochen ist versprochen …
So schreitet er nun in erhabenster Gewissheit durch ein Meer von Licht zum Antlitz Gottes. Dieser spricht: Sei willkommen, mein lieber demütiger Diener, mein Sohn, es mögen dich nun erwarten die ewigen Freuden des Paradieses.
Waren ihm vorher, zwischenzeitlich, noch gewisse Unsicherheiten eigen, so lösen sich diese augenblicklich durch die Worte Gottes in unbeschreibliche Vorfreude der zu erwartenden ewigen Wonnen auf.
Voll Glück, ja umseelt von augenblicklichster Liebe, schreitet er durch den Garten der Ewigkeit und eilt sehnsüchtigst dem Harem seiner 72 darbenden Jungfräulichkeiten entgegen.
Zielsicher geleitet ihn auf diesem Weg ein nie erlebter Wohlklang und ein berauschend köstlicher Duft. In würdevoller Erwartung erblickt er die ersten Lichtfenster, ihm offenbaren sich seine geheimsten Wün-

---

[1] siehe Anhang

11

sche, anmutigst Wohlgeformte in edelsten, niemals zuvor gesehenen feinfarbigen Aurabogen-Schleiern.

Barfuß auf den Stufen von Alabaster-Treppen emporwandelnd betritt er seinen Palast, den Paradiesharem, den Lohn seines irdischen Schaffens.

Eine Lichtgestalt des Himmels ermuntert ihn, näher zu treten, vor ihm verweilen still in zaghaftem Abstand, seine lieblich brüstigen Grazien.

Mit sanfter Stimme fragt ihn der Bote des Lichts: Mein lieber gläubiger Freund, was denkst du, woher der musische Wohlkang kam, der dich erfreute …?

Seine Vorfreude anwortet: Ich glaube, dieser Wohlkang kam aus meinem Paradiesharem, er erfrischt die Sinne und bereitet das Gemüt, wie in den Schriften erwähnt, zu Höherem vor …

Mein gläubiger Freund, entgegnet der Engel, diese Antwort ist angemessen. Sanftmütig fragt ihn der Engel weiter: Was glaubst du, mein gläubiger Freund, woher der berauschende Wohlduft kam?

Ich glaube, aus meinem Paradiesharem, denn dieser wird ausführlich in den Schriften erwähnt, und seine euphorische Ergriffenheit beginnt gedämpft zu schwärmen …

Dieser Wohlduft ist wie ein Begleiter der Sinne, er entspannt in Unbeschreiblichkeit den Körper für unzählige Freuden …

Ja, antwortet der Engel, auch dies wird ausgesprochen in den Schriften. So sei denn deine Zufriedenheit bei deiner Ankunft im Paradies niedergeschrieben, so wünsche man dir im Namen Allahs den Beginn unendlicher Freuden.

Achtsam und schmachtend vor Glück nähert er sich seinen lichtumzauberten Grazien und behutsam, als gälte es, einen Schmetterling von seiner Blüte zu heben, lichtet er den ersten Schleier seiner paradiesischen Anmut, mit glutvollem Blick … gewahren seine Augen das Glück, oohhhh … oooohhhhh … aaaaalllllllllaaaahhhhh …

,entfacht sich seine innerste Stimme, oh, ohhhhhh, aaalllaaaahhhhh.

Das Erstaunen seiner Sinne vermag nun sein kühnster Wagemut nicht mehr zu beschreiben, ungläubig mit zittriger Bewegung lüftet er den nächsten Schleier seiner 71 Wünsche und eilt, seiner Sprache kaum mehr mächtig, hastend, bis hintastend, ja taumelnd von einer zur nächsten Entschleierung.

Da war es wieder, dieses eigenartig vertraute, tosende Gefühl, und bebte ihm … wie

„von Sinnen nach innen"

das eigene Selbst aus dem Gefüge.

Vergeblich in erwartungsvoller Höhe stehend riss er seiner letzten Jenseits-Grazie in liebloser Trance den Schleier ruckartig wie ein Stück Dachpappe vom Antlitz,

und durch die machtvolle Licht-Aura seines Jenseitsharems überdröhnte **ER** sich … als tosender Schrei,

ooohhh, alllahhh … ooohhh … aallllllllllllaaaaahhhhhhhh … … …

wo bist du … wo bist du … was habe ich dir getan!!!!???

In dieser Unüberhörbarkeit ward ihm augenblicklich der Hüter des Paradieses zugegen …

Was, mein Sohn Allahs, ist hier dein außergewöhnliches Aufbegehren …? Was giert in deiner Seele so auf …??

Verlangt es dich nach mehr … als deinen lieblichen Jungfrauen, gilt deine … etwa nach 72 knabenhaft anderen Wesen?

Wieder muss er und diesmal wahrlich mit seiner ausrasenden Fassung ringen und ringen, ja sich … er muss sich zwingen und endlich … es ringt … nein, es lispelt dem Erzengel selbstzwingend entgegen, und flehentlich mit einem Funken Hoffnung, so als kämpfe er um ein verlorenes Paradies, spricht er: Aber, aber, mein Engel der Wahrheit, so sieh doch selbst, diese meine Entschleierten … sind niemals 72 Jungfrauen … im jungfräulichsten Alter, jede von ihnen sieht aus wie jenseits der Erdenzahl von 72 und hörbar schrofft sich hierbei seine Stimme mit gesenktem Blick herab:

Oh Engel des Urteils ... so erblicke es ...
und gestikuliert dabei mit dem Boten des Lichts ...
Ihre Anmut wurde *„Jenseits aller Freuden"* in Erdenjahren vergerbt!
In meinem Harem leben ... mumifizierte Jenseits-Schabracken,
Aura-Schabracken, ja ... ich wage es kaum zu sagen, Paradiesschabra-
cken ...!!!

Auf meinen Erdenjahren sah ich in Film und Fernsehen die gei-
ferndsten, widerlichsten, die gruftigsten Scheusale der Ungläubigen,
und selbst dort ... erblickte ich niemals zuvor einen solchen Ver-
fall ...!!!
Oh Engel des Mitgefühls, mein Harem
„ist eine Herberge der Ruinen der Anmut",
was lindert mir diesen – diesen Albtraum der Sinne???
... derweil verharren anmutigst seine feinfarbig aurageschleierten ...
In paradiesischer Abmahnung entgegnet ihm der Engel:
Kann Allah einen Irrtum begehen ...?
Auch vermag ich deine Sichtweise nicht zu teilen.
Nein, nein, zerjammert sich seine Seele knie-hend-lichst zum Engel
empor, aber niemals, niemals begeht Allah einen Irrtum ...
In verständnisvoller Güte entgegnet ihm der Engel: Mein lieber gläu-
biger Freund, so erkenne deiner Wahrheit Offenbarung:
„Beginne nicht mit den Augen, sondern mit dem Herzen zu sehen."

Denn diese dir auserlesenen 72 Jungfrauen[2] sind edelste, reinste
Wesen. Ist dir eigentlich bewusst, wie die Wohlklänge ihrer überirdischen Muse entstanden? Sie sind das Ergebnis reichhaltigster Bil-
dung in irdischen Jahren, deine Musen spielten auf vor Königen und

---

[2] siehe Anhang

Kaisern … auch anderen Gläubigen, hierbei wirkten sie begnadet bis ins hohe Alter.

Mahnend führt er aus: Was glaubst du, woher die Wohldüfte der überirdischen Wahrnehmung kommen? Sie sind das Ergebnis nachhaltigster Erfahrung in Salbung und Beräucherung an Königen und Kaisern, ebenso an anderen Gläubigen. Hierbei wirkten sie als *„spätere Jungfrauen"*[2] bis ins hohe Alter.

So wisse:

„Wer im Paradies mit dem Herzen sieht, erblickt die ewige Schönheit des Herzens."

Da du aber das Paradies nur mit den weltlichen Augen betrachtest, erblickst du, leider, was dein Herz nicht sieht.

Umrungen und umschlungen vom fröhlichen Gekicher seiner paradiesischen Grazien, verabschiedet sich
der Bote des Himmels:

„Mit dem Wohlwollen Gottes,
so genieße denn dein Glück in alle Ewigkeit

von Ihm."

Von der goldenen Galeere

Durch stürmische Zeiten
wir sitzen alle im selben Boot
sagt man:

Wer lebt auf dem Sonnendeck
und getrennt durch Planken
wen rudert das Untertage

Wie sieht es aus, das Beuteregister
wer gab den Befehl zur Kaperfahrt
Sie versprechen viel und
versprechen sich

Galeerenbesitzer
Galeerenbeweger
wird das friedlich?
Wie viele werden unterwegs auf
soziales Treibholz umsteigen
gibt es Meuterei

Und was ist heute denen da unten
lieblich umharft das Regime
Sklaven vergesst eure vergoldeten Ketten
schunkelt auf Techno und taktet schön
wird ihrer beim Untergang gedacht

Im Global-Meer
neue Härte
neuer Takt
statt liebliches Umharfen
taktet die Trommel des Überlebens

Doch was ist wenn Galeerenbeweger in Eigenbedarf
sich selbst eine unstürmisch andere Richtung geben ...
werden die Kaperfahrer friedlich an Deck sonnen ...?

Wir sitzen alle in derselben Galeere

noch

Mangellehre

Die herrschende Philosophie
kläfft ihren Lieblingsvers
den Gürtel enger schnallen

zum Schnallen:
wann hängt man euch
den Gürtel um den Hals

zum bon Appetit:
wann werdet ihr statt Menschen
Blei fressen

Öko Art

Die Nordsee
ihre Sturmflut ist Leidenschaft
sie wird gerühmt durch die
Chronik ihrer Gier
Aufregend umspült liegt vor ihr
der Orkanhappen
die Insel Sylt
die Alte frisst nicht

sie verschlingt

Wrackgeschichten

Der Hafen der Ehe ist sicherlich
der große gesellschaftlich
anerkannte Schiffsfriedhof
hier ist Liegezeit auch
Wrackgeschichte
welcher Sturm vermag mehr ...

Ich frage Baumwarzen-Gesichter romantisch

sagt mir   welches Stechmücken-Sensibelchen naht heran

sagt mir   wozu ihr an der Macht wie der Bär hinterm Baum an
der Bärin krallt

sagt mir   warum sehe ich moosbehangene Gesichter in profitabler
Ökologie alternativ verharzen

sagt mir   warum hängt bei euch das Menschenbild im Wald

sagt mir   wieso regimeknorrige Gesichter sich aufgähnen als
Richter

sagt mir   glaubt ihr an beseelte Baumwarzen die geschichtlich
bald entharzen

Vom guten Schaf-Knurren

Der alte Hirte zählt seine Lieblinge
mit dem Stock und zitiert vom bösen Wolf
er weiß um ihr mühsames Kraut beißen
Gemächlich grasen seine guten Wollchen
sich ins Fleisch
wessen Wolle bebt wenn es abwärts zum
Schlachthof geht

Was ist schon der Wolf und sein entgangener Biss …

Der Zukunft Wissen

Unsere Vorahnungen
kommen als Flaschenpost
aus der Vergangenheit
wenn sie an der näheren Gegenwart

stranden

Dank an van Däniken

Frage: Ab wann wird die Burka fortschrittlich ...?
... Ja geht das überhaupt ?
Antwort: Tja ... es wäre da eine Möglichkeit ...
wenn der große Entdecker „Erich van Däniken"
in Afganistan in einer waghalsigen Expedition
„die Burka" als abstrakte Höhlenmalerei für die
Nachwelt entdeckt und hierbei den dokumentierten
ersten sensationellen Besuch einer ausserirdischen
Astronautin nachweist.

Kerker der Anmut,

Burka

Freiheit

ist immer die Frage
von der
Freiheit von

WAS?

Karma-Masochismus / Sadismus

Aufruf an alle Märtyrer des Eigenkarmas,
an jene durchlittenen, jenseitsverknallten
Leidensgesichter, die im Rückblick ihrer
vergangenen Erdenleben
alles Leiden hastig auf sich drauf raffen,
um endlich zu bürden,
beginnt nach dem Prinzip:

Ein jeder trage des anderen Last,
wer noch ist unschuldig,
schleppe sich für den Mörder in den Knast.

Die moderne Erbsünde durch die Hintertür verschafft
sich frechen Zutritt mit der unbewiesenen, willkürlichen
Karma-Schuldzuweisung aus vorhergehenden Leben und
wird hierbei zur religiösen Sklaverei. In der Praxis ist hier
die Identität zur Erbsünde aus der Bibel gegeben.

Karma-Schabracken

Seid mir gewarnt, ihr
Karma-Schabracken,
mich verlangt es weder in diesem
noch im nächsten Leben, mit euch
zu backen oder zu hacken.

Jedwede Form der Hölle

ist die Abwesenheit

der Liebe

Hl. Päderastus

Er läutete von oben seiner Schäfchen
Herde zum Frohlocken die Glocken.
Privat läuteten den minderjährigen
Schäfchen ganz unten oder von hinten
seine Eigen-Glocken.

Nicht in der Religion

der Menschen
sucht heute die Fehler,
sondern im religiösen Wahn.

Der Urkall der Freiheit

beginnt mit

der

Aufklärung

Von Himmel und Hölle

von der Angebeteten
zur Nachgebeteten
um selbstnarbend zu werden,
es gab nicht neue Rosen

sondern Neu-Rosen,

Stress

So ist

für eine Frauenseele
ein Kompliment,
gleich
dem Schönheitspflaster
auf ihrer Seele.

Wen die Freiheit

vermisst
den sucht sie
mit ihrer
Sehnsucht
heim

christliches

mir gut-träumte …
ich sah ein Kamel
durch ein Nadelöhr gehen
aber keinen Papst in den Himmel

Das „ES" sprach

Stehend am Suffdelta der Zeit sollt ihr
euren Fluss der Auflösung des
alkoholisierten Über-Ichs
im Kontakt zum zeitlosen Meer
des kollektiven Unbewussten erleben und
am Suff-Sucht-Geheimnis

in Klarheit WERDEN

Regenpfützen

Gleichsam der Schwäche der Menschen
harren sie der Sonne
Sehnsüchtig spiegeln gefallene
Wolken den Himmel wieder und wieder
um vernebelt zu entfliehen

Ein

krankes Kind
lächelt
der Reinheit
Eindruck

bleibt

Das Lächeln

der Blumen-Mädchen
lächeln
auch ihre Herzen

Man wird

über sie
einmal sagen
sie
sahen mit ihren Augen
nicht mit ihren Herzen

Lautlos gaukelt

über Blumen
buntes Blatt
ein
Schmetterling
schwebt in
einem Blütentraum

vom ewig sein

Wie der Name eines Flusses
im Meer
so endet eines Menschen
Leben in der Ewigkeit
und wird das unauslöschliche
SEIN in den Herzen der Menschen
ist dies nicht der wahre Fluss ?

Dort über dem

fließenden Spiegel
blickt ein altes Weidenhaupt
in den klaren Fluss

so wie das Selbst über der Zeit

in Selbstvergessenheit

Die meditative Einheit von Lernen und Vergessen
wird als Selbstvergessenheit bezeichnet.

Betretet den Freiraum

„Worte aus der Bibliothek

des

Herzens"

Abgrundrente / Sozialhilfe / Alu / Arbeitslosengeld 2
Adels-tonnagen / graublütige Gewichtigkeiten
Ab-schluck-meise / die Intellektuelle in alkoholisierter Schwebung
adverbiales durchbeißen / Übung im mono-adverbialen verbeißen
Aktenfriedhof / einer Behördenbürokratie
Aktensarg / Verwesung von Eingaben, Beschwerden, Einsprüchen
alkoholisiertes Rest-müll-grunzen / es geht auf den Rest
Applaus-koma / am Meer der Langeweile
alternative Rumpfwarze / Kopf eines alternativen Überdenkers
Angora-ratte / Schoßhund mit Mitgefühleffekt
alternative Baumwarzen-grazie / alternative Anmutigkeit / waldige
Schönheit
Anwalzung / etwas durch Eigeninitiative in Bewegung setzen
architektonische Körperverletzung / wohnen im Betonsilo
Asbest-festung / die Betonmetastase / die architektonische
Körperverletzung
Asphalt-kakerlaken / Automobile
Asphalt-qualle / über den Asphalt wallende
Knöllchenschreiberin
Asphalt-wanze / Toyota
Aufgähnung / sich aufgähnen als Richter
Aura-delle / eine Jenseitsklatsche haben
Aura-deppen / die an nichts glauben / die Jenseitsverlabten
Aura-entgleisung / astraltechnisch die Fassung /
Beherrschung verlieren
Aura-model / die Schönheit einer Frauenseele
Aura-pflaster / für die Wundheilung der Seele durch
liebende Worte
Aura-schabracke / vielleicht ein ehemaliges auf Erden
wandelndes Model
Aura-verstrahlte / verwunderte Seelen / oh Wunder
Autoritäten-klette / untertänigstes Dasein zum Anbiedern

Bananen-Zombie/s / gestörte/r Freier oder Liebhaber

Banalstress / durch Langweilerstress

Baumwarzen-anmut / die Baumwarzen-Anmut ist die natürliche Anmutigkeit

Baumwarzen-gesicht / der Anblick der Natürlichkeit

Baumwarzen-gesichts-model / alternative Schönheit

Baumwarzen-grazie / natürliche Schönheit

Baumwarzen-model / natürliche Anmutigkeit

beharzen / jemanden wie mit Harz übergießen oder angießen und somit behindern

bekindern / das Land bekindern, Bevölkerungserhalt

Beischlaf-akrobatin / oh, là, là, die Kamasutra-Artistin

Beischlaf-artistin / die Kamasutra-Akrobatin

Benzin-kakerlake / Mercedes

Benzin-wanze / Ford

Begleiter/in der Sinne/n / Parfüm/ Wohlgeruch / der Begleiter / die Begleiterin

beseelte Baumwarzen / nah am Baumgeist-Gesicht

Beton-metastase / das alles überwuchernde Hochhaus

Beziehungs-knast / in der Zweierkiste

Beziehungs-sarg / vom Beziehungssarg in die Zweierkiste

Beziehungs-strapaze / anstrengende Zweierkiste

Beziehungs-stress / Spannung der Liebenden oder sich Hiebenden

bi-linguales Entsetzen / am Hamburger Wörterbuch?

Breitlauf / der Breitlauf bezeichnet einen angetrunkenen Zustand / breitgelaufen sein

Brunnen-jodler / bayrischer Frosch oder alpiner Frosch

Brunnen-quäke / Frosch

Brunnen-snack / die Storchenmahlzeit

bürgerliche Deppenheit / der / die Spießer/in

Bürokraten-sarg / Akte

Bürokraten-särge / aktuelle Aktenaufbahrung der Bürokratie

Chanel-tonne / rollende, getünchte Grazie
Chanel-urne / Parfümflasche / Begleiter der Sinne
Chappi-tenor / Hund vor dem Supermarkt
Chef-tunnel / erbaut für die hinteren Fäkal-Backen-Ein-Kriecher
China-bifi / es gibt Kulturen, da geht die Tierliebe durch den Magen
Coffein-grunzen / Kaffeeplausch
Coffein-pfütze / Tasse Kaffee
Computer-karma / Wiedergeburt durch Software-Herstellung /
Rettung

Das-Untertage / arbeitet fast unsichtbar
DDtee-philosophen / alternative Grünteetrinker / früherer
Pestizidschlürfer
DDtee-süppchen / eine Schale Tee / eine Tasse Tee
Deppenheit / ihre Deppenheit ist die kleinspießige Verblödung
Devisen-götter / sind Euro, Dollar, Yen, Yuan …
Diät-walze / Zwang zum Untergewicht
Diesel-wanze / Opel
Diesel- kakerlake / VW-Kombi
Diors Urnendeckel / Kopfbedeckung bei wohlhabenden Damen
Dior-urne / Überschicklichkeit mit Urnendeckel
Dior-walze / die Überschicklichkeit vor der Fettabsaugung
Diskretchen / die zuverlässige Sekretärin
Döner-dinner / Monomampf[3]
Döner-kavalier / zuvorkommend gegenüber einer Dönerprinzessin[3]
Döner-krake / muss immer was zum Reinbeißen haben / die
Dönerklette[3]
Döner-lesbe/n / die verbissene Emanzipation[3]
Döner-macho/s / Dönerprinz/en / Kalorienmacho/s[3]
Döner-model / oh … der erotische Einbiss[3]

---

[3] siehe Anhang

Döner-nonne/n / die Enthaltsame/n[3]
Döner-prinz/en / Dönermachos[3]
Döner-prinzessin / Bekannte oder Freundin eines Dönermacho zum Anbeißen[3]
Döner-psycho / der Möchtegern-Bekannte vom Döner-model[3]
Döner-schabracke / die seelische u. physische Förmigkeit des Mafiaweibes[3]
Döner-tonnage / Gewichtiges am Dönern[3]
Döner-tunte / dönert am Kerl[3]
Döner-quäke / nervige Beschwerde[3]
Döner-walze / überwichtige Anmut, oh … die erotische Plättung[3]
Döner-zombie / wer nie genug kriegt / Dönerfreak[3]
dozierende Nötigung / nervende Dozenten oder Professoren

Edelsteiss-hoheit / der Adelige oder die Adelige
Edelsteiß / Prinz von Edelsteiß ist ein Adeliger
Edelsteiß-spießer/in / adelige/r hintere/r A-Backen-Ein-Kriecher/in
Ego-diät / Übung in Nächstenliebe
Ego-gicht / gekränktes Ego, häufig Attraktivitätsflaute als Ursache
Ego-gettho / Gleichgesinnte, die sich im Leiden finden / Single-dasein
Ego-göttlichkeit / Ego-satanisch
Ego-klette / Seelengrabscher
Ego-knast / Häftling der Gefühle und gesellschaftlichen Normen
Ego-krake / sich in andere Dinge, Verhältnisse einmischen oder eingrabschen
Ego-kraterlandschaft / die Egokraterlandschaft ist die Seelenlandschaft nach einem Beziehungsstreit / Ehekrach
Ego-lesbe / Hass auf das andere Geschlecht haben
Ego-machos / Eigenheld
Ego-maligkeit / Eigendumm / einmaliger Egoidiot oder Egoidiotin
Ego-manen-seuche / Egopest

Ego-manzen / kalte Karrieristin

Ego-pest / die grassierende Egomanenseuche

Ego-sanktus / die bürgerliche Eigen-heiligkeit / Ego-idioten

Ego-sapiens / der Egoist oder die Egoistin

Ego-satanisch / Ego-göttlichkeit / Größenwahn

Ego-schabracke/n / Scheusal/e der Seele, sehen häufig optisch sehr gut aus

Ego-tunte / Frauenneider und deren Sozialkopierer

Ego-verrattung / ist die Bezeichung für einen Charakter, dessen Identität Verrat ist

Ego-wanze / hinterhältige Wesenheit

egozentrisches Gravitationsfeld / die Schwerkraft der Raffgier

Ego-zwerg / und sein kleinpeinliches Aufrechnen

Eigendumm / die Egomaligkeit / die Eigendummheit

Eigen-gott / spirituelle Verwesung / Terror-ego eines Fundamentalisten

Eigen-held/en / Egomacho/s

Einbiss / der Einbiss ist fertig / das Essen ist fertig

emotionaler Gnadenschuss / sehr kaltes und verletzendes Beziehungsende

emotionaler Scheinriese / Psychoschleimer / geistiger Scheinriese

emotionaler Staubsauger / Hund

emotionale Verwesung / abgestorbene Beziehung

End-kistung / im Sarg

Endknall-Ökonomie / der kommende Börsenkrach

energetische/r Jenseitskadaver / Geist/er oder ein Verreckgespenst

energetische Raum-penetration / das Schwarze Loch in der Astrophysik

Entkrönung / seine oder ihre Entkrönlichkeit unter der Guillotine / die Abdankung / Absetzung

entkindern / das Land, Bevölkerungsrückgang

enttalert / euch, Spendenaufruf

Enttalerung / Bezahlung

Erden-model / jede irdische Schönheit kann eine Paradiesschabracke werden
Erd-kokon / Sarg
Erd-model / verwesende Wesenheit
Erd-wackel / Übergewicht / leichtes Beben
Erd-watschel / die biologische Bewegung in Schwerkraft
erdwatschelnde Döner-nonnen / liebliche gemütliche Wesen, là, oh, là[3]
erdwatschelnde Döner-walzen / die wonnigen Wesenheiten[3]
erdwatschelnde Fundi-nonnen / gesprächige fundamentalistische Diätnonnen
erotische An-krakung / **an-kraken** / erotische Anmache
erotische Besatzungszone / vom Nebenbuhler besetztes Weib
erotische Humanismus-strapaze / z. B. bei einigen Frauen der Beischlaf aus Mitleid
erotische Umwalze / erotisch umgewalzt werden, umwalzt werden
erotischer Kadaver / vom Sarg in die Beziehungskiste
etablierte Medusa / Karrierefrau
etwas anwalzen / sich für sehr unwiderstehlich halten

Falten-zerrer / Chirurg
Fäkal-IQ / Regime-IQ
Fehlseher/in / ihre Fehlsehung / Fehldeuter/in
Festplatten-karma / die Auswirkung des Computers
Festplatten-psychose / Programmabsturz
Festplatten-seele / die Seele eines Computers
Festplatten-virentechno / Programmzerstörung
Festplatten-techno / Programmdynamik
Festplatten-stress / Softwareprobleme
Festplatten-verwesung / Programmzerstörung
Flachhirnblähung / IQ-Blähung
Frikadellen-model / Beliebte der lieblichen Pommeswalze

Fundi-kavaliere / hilfsbereite Menschen
Fundi-mumien / die geifernde Gütlichkeit
Fundi-quäke / nerviger Fundamentalist / missionarischer Eiferer
Fundi-psychos / religiöser Wahn der Intoleranz?
Fundi-schabracke/n / verdeckte Schönheit/en des göttlichen Diätplans, anmutigste Anmut der religiösen Intoleranz
Fundi-tonnage / der Glaube um das gewichtige Wissen eines himmlischen Diätplans
Fundi-walze / religiöse Plättung / im Namen Gottes
fundamentaler Eigengott / religiöse Verwesung / Terror-ego eines Fundamentalisten
fundamentalistische IQ-Urne/n / Fundamentalist/en
fundamentalistische Selbst-gütigkeit / religiöse Heuchler
fundamentalistischer Früh-schatten / der zu frühe Schatten / religiöse Schädigung bei Kindern
fundamentalistisches Hirn-riss-echo / Nächstenliebe durch Intoleranz
fundamentalistischer Hohl-schatten / religiöser Wahn-terror
fundamentalistischer Spät-schatten / der Zu-spät-Schatten / religiöse Blödung

Galeerenbeweger / die im Schatten rudern / arbeiten
Gassi-krokodil / Hund mit großer Schnauze
Gassi-alligator / Hund mit großer Schnauze
Gähngespenst / aus einer Gruselgeschichte / Langweilerhorror
Gähn-schatten / Ihr Gähn-schatten an der Tapete, sie ist erotisch gelangweilt
Gedenkt der Armut nicht EURER sondern UNSERER
Gedenkt des Elends nicht EUREM sondern UNSEREM
geebbt sein / ausgeplündert sein / soziale Armut
geistig entharzt / den Geist aufgegeben / jemandem die Lebensenergie rauben
geistig verharzt / zugekleistert sein mit Problemen

geistige-Zerreiss-maulkröten / und deren Gerüchte-echo
geistige End-kistung / geistige Entsorgung
geistige Imperativ-lemming/e / wurde soeben berufen, zu Befehl
geistige Imperativ-prothese/n / sie haben gerufen, sie befehlen
geistige Licht-verwesung / Wahnsinn / Schatten der Klarheit / klarer
Schrägschatten
geistiger Müllschlucker / zum geistigen Müllschlucker gehen ...
geistiger Sondermüll / falsche Erkenntnis
Gluck-gluck-meise / ihr alkoholisierter Schwebflug / Wrackflug
Gluck-gluck-natter / der alkoholisierte Giftzahn
Gluck-gluck-taube / ihr saufender Anflug und Abflug
Graupen-herde / eine Graupenherde in der Suppe haben / vom
Leben beschenkt werden
gekrönte Qualle / ihre Graublütigkeit
Gernegeber / wird man als Schutzgeldzahler
Glaubens-koma / religiöse Verelendung
grammatikalische Strandung / wer strandet grammatikalisch am
Hamburger Wörterbuch?
grammatikalische Versumpfung / grammatikalische Versumpfung
ist rhetorisches Pampern
Graublütigkeit / wie das Grauen und die Kaltblütigkeit
Grotten-qualle / Hirn eines Menschen oder eines Tieres
gute Wollchen / Schafe, die Schäfchen

HERZGERBUNG / Liebeskummer
Hirn-riss-echo / Demenz-Kommentar
Hirn-riss-grunzen / das Hirnriss-grunzen / ist ein geistreicher
Kommentar
historische/r Spät-idiot/en/in / alles zu spät
Hohl-schatten / die Terrorklatsche
Humanismus-strapaze / z. B. gegenüber Mafiagestalten / religiösen
Terror

horrorskopische Fehlsehung / dafür wird in der Realität am häufigsten bezahlt

Humanismus-stress / z. B. durch religiösen Fundamentalismus

IBM-Pest / Computerviren

Ihre Edelsteiß-hoheit / die Adelige oder Prinzessin von Edelsteiß

Ihre Selbst-gütigkeit / Sponsoren / Almosen-spießer/innen

Imperativ-lemming/e / wurde soeben gerufen, zu Befehl

Imperativ-prothese/n / sie haben gerufen, sie befehlen

Imperativ-schabracke/n / Aufseherin/nen

ins Jenseits sensen / töten

Instinkt-manager / müssen immer den richtigen Riecher haben

intellektuelle Verklappung / der IQ-Schrumpf

intellektueller Früh-schatten / zu frühe Schädigung

intellektueller Hohl-schatten / bei Nihilisten

intellektueller Spät-schatten / reale/r Spätidiot/in

intellektueller Jenseitsmüll / Wahn / falsche Erkenntnis

Interruptus-balz / die plumpe erotische Anmache

Interruptus-koma / nichts geht mehr

Irrwahna / statt Nirvana bei den Schneidersitz-spießer/n/innen

intellektuelle IQ-Urne/n / biologische Festplattenverwesung

intellektuelle Selbst-gütigkeit / der/die Sanktus-Spießer/in

intellektueller Sondermüll / geistiges Wahngebilde

intellektuelles Toleranzgrunzen / Lieblichkeit der Intoleranz

IQ-Blähung / entfernte/r vom Reich des Geistes

IQ-Butler / für andere da sein und deren Leistung erbringen

IQ-Grunzen / grunzer / geistreicher Kommentar

IQ-Strapaze / er / sie ist eine IQ-Strapaze / die welche nichts begreifen wollen

IQ-Urne/n / nichts oder wenig in der Grundbirne des Wissens haben

Jenseits-dellung / religiöser Amok
Jenseits-entgleisung / eine Jenseitsentgleisung ist die Gotteslästerung
Jenseits-entstrahlt/e / Jenseitsgestört/e
Jenseits-entstrahlt/e / Jenseitsgestört/e
Jenseits-express / Explosion
Jenseits-klatsche / Jenseitsverstrahlung
Jenseits-schabracke / Erdenmodel
Jenseits-verlabt / Grabbeigaben / spirituelle Nahrung
Jenseits-verstrahlung / verstrahlt ausstrahlen / Botschaften aus der Zwangsjacke
Jo-Jo Diät-neurose / Schokolade
Jo-Jo Diät-psychose / Schokoladentorte
Jura-hyäne / Juristin

Kalorien-anmut / graziöses Wesen
Karma-emanzen / im letzten Leben ein Mann und nun im Körper einer Frau?
Karma-lesbe/n / waren im letzten Leben ein Mann, nun eine Frau / haben häufig den karmaspezifischen Hass auf das andere Geschlecht
Karma-masochisten / die Freude am Leiden
Karma-model / hat ein gutes Karma
Karma-schrott / andere zumüllen
Karma-sadisten / Leiden und Leiden
Karma-scan / ist das intuitive Erfassen oder Erkennen anderer Menschen
Karma-snack / was Gutes erleben
Karma-tourist/in / Reisende/r durch viele Leben
Kamasutra-akrobatin / die Beischlaf-artistin
Kamasutra-artistin / die Beischlaf-akrobatin
Kamasutra-strapaze / Beischlaf-verrenkung mit Gang zum Orthopäden
Kanonen-bettler / der / die Bankräuber/in

Kausal-dinner / wünscht man sich statt einer Kausal-grütze
Kausal-grütze / die strandet am Hamburger Wörterbuch
Kausal-snack/s / seinen grammatikalischen Snack finden
Kausal-suppe / wer kausal löffelt, dem schwindet die Suppe
kausales mitgabeln / sich in rhetorische Darstellungen / Vorträge
einmischen
Konkurs-vers / Offenbarungseid
Kebab-dinner / kebabender Monomampf[3]
Kebab-kavalier / ist der Begleiter eines Kebabmodels[3]
Kebab-machos / Kalorienmachos[3]
Kebab-model / der erotische Einbiss[3]
Kebab-nonne/n / die Enthaltsame/n[3]
Kebab-schabracke / Freundin oder Konkurrentin der
Pommesprinzessin[3]
Kebab-tonnage / Freundin oder Konkurrentin der Dönerprinzessin[3]
Kebab-tunte / kebabt am Kerl[3]
Kebab-walze / oh Kalorienanmut[3]
Kerker der Anmut / Schador-knast
Klarschatten / ist die Abwesenheit des Lichts / der Klarheit / falsche
Erkenntnis
klein-gütlich/e / Moralspießer/in / Almosenspießer/in
Klein-gütlichkeit / Moralspießer/in
klimatische Körperverletzung / Auswirkung der Umweltzerstörung
knie-hend-lichst / sakrale Flehung / spirituelles Abbetteln
Knoblauch-kavalier / der Geruch zum Weitergehen
Knobi-kavalier/e / der Geruch zum Weitergehen
Knobi-macho / ein ganzer Kerl, der sich riechen kann / als
Kalorienmacho
Knobi-schabracke / der betörende Geruch einer seltenen Grazie
Knobi-tunte / unser Herrgott kann ihn trotzdem riechen
Knobi-walze/n / die geruchliche/n Bekannte/n von Knobimacho/s
Kommunikations-greise / kann man treffen als Yuppiegreise

Konsum-greise / design-te Yuppiegreise / Knobigreise
Kreativitäts-koma / keine neuen Ideen

Laberheit / ihre Laberheit ist der Langweiler
Laberheiten / sind der / die Langweiler
lackierte Amphoren / bauchige Anmut
lackierte Quallen / angeheiterte, lallende Anmut
liberale Laberkost / Koma der Langeweile
Licht-pflaster / die heilende Klarheit des Geistes durch aufklärende liebende Worte
Licht-verwesung / Schatten der Klarheit
Linguistik-Fraß / jedem sein Fressen
Lyrik-nomaden / die Weiterdichtenden
lyrisch Entgleiste / die Andersdichtenden

macht Macht für mich / der Größenwahn
Mafia-fladen / Pizza
Mafia-hirte / freundlicher Schutzgeldeinschleimer
Mafia-kakerlaken / die Stadt-teil-plage
Mafia-kavalier / Pizzakavalier
Mafia-kulti / von wegen Multikulti, die Realität geht in amerikanisiertes Mafiakulti
Mafia-ratten / Schutzgeldeintreiber
Mafia-rente / die Mafiarente ist die Schutzgelderpressung
Mafia-tunte/n / vielleicht geht's auch andersrum
Magen-lyrik / und alles wird magenfreundlich formuliert, gedichtet / die Lyrik des Sodbrennens
Magen-tenor / Arie vom Hunger-grunzen / Mangel-grunzen
Matratzen-zombie / Beischlaf-überraschung
Märchen-schlampe / die Knall-erbsen-prinzessin
McDonald's-Kavalier / verschickt Einladungen an McDonald's-Walzen

McDonald's-Lesbe/n / die verbissene Emanzipation
McDonald's-Macho / steht auf McDonald's-Walzen
McDonald's-Tunte / ein Sozialergebnis der Imbiss-Globalisierung
McDonald's-Walze / der graziöse Tonnage-imbiss
McMampf / es frisst sich die Einseitigkeit
McMono / Einseitigkeitsernährung
McMono-Mampf-grazie/n / futternde Schönheit/en
Medusen-fettung / durch Schönheitscreme
Medusen-tünche / die Schönheitcreme
Meineid-kakerlake / Falschaussage eines Denunzianten
Meineid-natter / Denunziantin / Falschaussage
mentales Ödland / bei Jenseitsverstrahlten
mono-linguale Grütze / statt multi-linguales Dinner
mono-linguale Versuppung / alles fließt über den Löffel
mono-linguales Ablöffeln / Suchende finden löffelnd ihre Hausmannskost
mono-linguales Einlöffeln / sprachliche Aufforstung / im rhetorischen Ödland
Mono-mampf / Einseitigkeitsernähruung mit Mangelerscheinung
Mono-sapiens / einseitiger Mensch
moralische Verminung / durch Tabuthemen
moralisches Absensen / jemanden niedermachen, moralisch schädigen
multi-lingualer Eintopf / linguale Gleichmacherei
multi-linguales Abschürfen / rhetorisches Erfassen
multi-linguales Dinieren / rhetorisches Genießen
multi-linguales Entgeistern / am Hamburger Wörterbuch?
multi-linguales Verköcheln / wessen Linguistik-Fraß verköchelt?
Mülltonnen-ballett / Rattenhorde / Schrott-dancing

Neuronenkampfpause / zeitlich begrenzte Erholung nach Ehestreit
Neurosen-dompteur/in / Psychologe oder Psychologin, Psychiater/in

Neurosenmaligkeit / einmalige Chance zur Selbsterkennung
Neurosen-schredder/n / das Neurosenschreddern / die Verarbeitung der Sorgen
Nervenkampfpause / zeitlich begrenzte Ruhe nach Ehestreit
nieder-sensen / wie nieder-gesenst sein / etwas zerstören, niedermachen
Nivea-krätze / Hautunreinheiten
Nivea-tünche / Schönheitscreme

Osramstress / Lampenfieber
Orkan-fächel / Segelboot
Orkan-happen / das Meer frisst beim Landgang
Orgasmus-asyl / Glück gehabt
Ozon-kakerlake / Mercedes
Ozon-kakerlaken / Automobile
Ozon-quallen / am Strand liegende Touristen / als UV-Quallen
Ozon-Touristen / Sonnenanbeter/innen / Ozon- oder UV-Strahlungsanbeter/innen
Ozon-wanze / BMW

Pansenprosa / Tiergeschichten / Tiergedichte
Paradies-mumien / vielleicht ein ehemaliges auf Erden wandelndes Supermodel
Paragraphen-hyäne / Staatsanwalt / der Paragraphenbeißer
Paragraphen-kröte / Juristin / die Paragraphengeiferung
Paragraphen-molch / Jurist / in seiner Paragraphensuhlung
Paragraphen-ratte / Denunziant
Paragraphen-tempel / Gericht
PC-Aura / hat der Computer eine Seele?
PC-Greise / Opfer der rasanten Veralterung von Software-Programmen
PC-Karma / das Wirken des Computers auf den Menschen
PC-Koma / Übergang zum Festplattenjenseits

PC-Seele / virtuelles Karma
PC-Verwesung / kaputter Computer
PC-Viren-neurose/psychose / die Angst vor Computerviren
PC-Zombies / virtuelle Verwesung
Peking-Chappi / Schoßhundhack als Katzenfutter
Pestizid-süppchen / Tasse Tee
Pestizid-suppe / Kanne Tee, es waren schleckere Zeiten ohne Rückstandskontrollen
Pestizid-schlürfen / Tee trinken, Kaffee trinken
Phonqualle / Sopranistin
Pizza-kavalier / zuvorkommender Mensch
Pizza-macho / Pizzaprinz
Pizza-prinz / Pizzamacho
Pizza-walze / übergewichtige Anmut, in erotischer Anplättung, oh, là, là
Plappermeise / nach einigen Drinks die angeheiterte Gesprächspartnerin
Plappergei / der gesprächige Gesprächspartner im Dialog mit einer Plappermeise
Polyesterkröte / vor ihrem Kuss hechtet der Prinz eher in den Brunnen
Pommes-macho / Freund der Pommesprinzessin
Pommes-model / Liebling von McMono-Mampf
Pommes-prinz/en / Kalorienmacho/s
Pommes-prinzessin / Koloriengrazie / oh, là, là
Pommes-walze / Kalorienanmut / in erotischer Anplättung, oh, là, là
Prinz-döner / häufig ein Bekannter der Dönerprinzessin
Prinz-kebab / häufig der Bekannte einer Kebabprinzessin
PS-Gestörte / Raser
PS-Grufti / Geisterfahrer
PS-Kakerlake / Ford
PS-Kakerlaken / Automobile

PS-Wanze / Golf
psychische Beziehungs-särge / oder ihre so genannte Zweierkiste
psychische Verklappung / Verdrängung
psychischer Selbstling / der Egomane
psychischer Sondermüll / überflüssige Seelenbelastung
Psycho-kakerlake / zum Draufdrücken
Psycho-klette / ist das Erkennen zum Loslassen
Psycho-krake / ist die Loslösung zum Verjagen
Psycho-maligkeit / einmalige Psychosignatur des Menschen
Psycho-ratte / eine unangenehme Charaktere
Psycho-wanze / zum Abdrücken
Quassel-qualle / die angeheiterte Gesprächspartnerin
Quassel-meise / leise, lange leise, quasselt diese Meise
Quassel-natter / das Verreiß-maul-würgen / aus der Grube ihrer
Gerüchte

Regime-ebbe / der Staatsbankrott
Regime-harfe / angepasster Sänger / Künstler
Regime-IQ / der Fäkal-IQ
Regime-klima / öffentliche Regierungsmeinung
Regime-müll / überflüssige Vorschriften, Paragraphen
Regime-quäke / Regierungsprecher
Regime-rente / Sozialhilfe / Alu / Arbeitslosengeld 2
Regime-sapiens / Spießbürger / Spießbürgerin
Regime-schrott / gesellschaftliche Probleme ohne Lösung
Regime-softie / Spießer/in
Regime-tempel / Parlamentsgebäude
Re-kerl-zipierung / zurück zum Mann
religiöse Almosen-spießer/in / die Almosen-spießer/in, beim klein-
gütlich sein
religiöse End-kistung / mit Glauben der Entpackung zur
Auferstehung

religiöse Klein-gütlichkeit / religiöse Moralspießer/in

religiöse Kopfplane / jenseits der Emanzipation

religiöse Imperativ-lemming/e / gutgläubige Wesen

religiöse Imperativ-prothese/n / gläubige Befehlsempfänger

religiöse IQ-Urne/n / religiöser Müll

religiöse Lichtverwesung / zweifeln am Glauben

religiöse Psycho-vampire / der religiöse Psychovampir ist z. B. der Sektenguru

religiöse Rumpf-metastase / religiöser Fanatiker / Denker

religiöse Selbst-gütigkeit / religiöser Heuchler

religiöse Selbstverwesung / Eigenzweifel am Glauben

religiöse Verelendung / Glaubenskoma

religiöse Verklappung / beim religiösen Fundamentalismus

religiöser Früh-schatten / religiöse Schädigung bei Kindern

religiöser Hohl-schatten / spirituelle Verdunklung der Seele

religiöser Irrknall / Heilswahn / Irrweg des Glaubens

religiöser Pacht-Schatten / der bezahlende Glauben / Kirchensteuer

religiöser Spät-schatten / religiöse Verblödung

religiöser Sondermüll / Heilswahn / Fundamentalismus

religiöses Hirn-riss-echo / religiöser Wahn

religiöses Jenseits-grunzen / Heilswahn

religiöses Pacht-hirn / die käufliche Seele

REM-Phasen-Agitation / Beeinflussung des Unbewussten / die unbewusste Werbung

Rhetorik-blähung / bei Professoren

Rhetorik-metzger / Staatanwalt, Anwalt / Paragraphenfiletierung

Rotations-kletten / kleben und haften sehr gerne, natürlich zum Wohle ihrer Wähler, in Unentbehrlichkeit an ihren Privilegien

Rumpf-birne / Kopf

Rumpf-metastase / Kopf

Rüssel-pest / Krankheit

Rüssel-koma / Er klappt sich nicht mehr

Sakral-ruinen / weltliche Sakralruinen, die Kirchenaustritte

Sanktus Spießer/in / bürgerliche Deppenheit

Saurus-interruptus / greisenhafter Liebhaber bei jungen Frauen

Schabracken-kokon / die modisch Betuchte

Schabracken-tünche / Schönheitcreme

Schador-knast / Kerker der Anmut

Schador-küken / Kopftuch-Mädchen

Schatten der Klarheit / Lichtverwesung

Schräg-schatten / der Irrtum / die falsche Erkenntnis

Seelen-päderasten / religiöse Schänder von Kinderseelen

Seelen-topographie / sehen in der Seelenlandschaft des Lebens

seelische Lichthupe / mit den Augen sprechen

selbstloser Selbstausbeuter / ihr selbstloser Selbstausbeuter / der 1-Euro-Job-Inhaber

Selbst-maligkeit / Ego eines Egoisten

selbst-narbend / sich selbst schädigen

Schanghai-bifi / die Tierliebe des Magens / Hundefleischsnack

Schanghai-chappi / Tierliebe geht durch den Magen / das Hundefleischdinner

Schutzgeld-nehmer / die Mafiakakerlake

Schutzgeld-saufen / Zeche prellen

Solidaritäts-kannibalen / Wesen der Egospießer/innen

Solidaritäts-kannibalismus / die Idee als Verrat

sorgenechtes Ausbüglergesicht / ein Alles-unter-den-Teppich-Kehrer

sozialer Müllschlucker / Sozialarbeiter

sozial-geebbt / werden, ist sozial ausgeplündert sein

Spargel-macho / steht meistens auf Pommeswalzen

spätere Jungfrauen / geläuterte Prostituierte

Speed-wanze / VW Golf

Speed-kakerlake / Porsche

spirituelle Mumifizierung / Fundamentalismus / Zombie-sierung

soziales Treibholz / die über Bord gehen

Steißbürger/in / hintere Backen-ein-kriecher/in
Strand-ab-biss / der Sturm des Meeres frisst beim Landgang
Stress-walze / Stress-walzung / Menschen unter Spannung setzen /
die Überforderung
Suff-delta / breitgelaufen wie ein Fluss sein
Suff-delta-gesichter / am Tresen
Suff-pirouette/n / der Dröhn-Tanz durch den Rausch
System-sapiens / Spießbürger, Spießbürgerin
System-softie / Spießer/ in

Thron-backel/n / die Thron-backe/n sind Könige oder Königinnen
Thron-backen-verzicht / der Thronbackenverzicht, ist die
Abdankung, Absetzung
Thron-eunuch/en / adelige Inzucht ohne Nachkommen
Toleranz-strapaze / die Anstrengung bei Intoleranz
Toleranz-stress / Toleranzstress hat man beim Erscheinen von
Intoleranz
Tchibo-grunzen / Kaffeeplausch bei Tchibo
Tchibo-urne / Tasse Kaffee
Tresen-patient/en / Gast / Gäste
Tresen-therapeut/in / Kneipenwirt
Tresen-psycho/s / schwierige Gäste

um-harft / werden, umworben werden, jemanden umharfen
Um-krakung / umkraken / der Umklammerungs-schmerz / keine
Trennung finden / die Psycho-klettung
Urknall-ökonomie / Wirtschaftswunder
Urnen-aura / eine Urnenaura entsteht durch Langweilerstress /
Banalstess
Über-ich-verätzung / ist das schlechte Gewissen
Über-ich-verhör / durch das eigene Gewissen
UV-Strahlungsanbeter/innen / Ozontouristen

UV-Quallen / Strandtouristen

verbrettern / sein Geld verbrettern / sein Vermögen verprassen
verharzen / sich verabschieden / aus dem Staub machen / an
Problemen festkleben
Verkohlungs-meise / die Verkohlungs-meise ist das Zwitschern der
Unwahrheit eines weiblichen Wesens
Verreck-gespenst / aus jedem Schreckgespenst macht ein
Verreckgespenst
Versorger-rübe / die soziale Prostitution / es war Liebe auf den ersten
Scheck
Versager-balz / wenn die Angebetete zur erotischen Festung wird
Viren-techno / Virenbefall mit Programmzerstörung
virtuelles Karma / nah an der Festplattenseele
virtuelle Verwesung / bei PC-Zombies
Vodka-krähe / trinkfestes Weib
Volksverdickung / durch Monomampf

Walzen-dinner / bei McMono
weg-sensen / etwas zerstören, niedermachen
Würgerking / für den Bürgerking / der Bürgerking bei Burger King

Yuppie-greise / Konsumgreise oder Kommunikationsgreise

Zerreiß-maulnatter / *Verreiss-maulnatter* /
und ihr Gerüchte-würgen
Zombie-sierung / die Entseelung der Menschen / Psycho-koma
Zwangsjacken-model / durchgeknallte Schönheit
Zwerchfell-strapaze / beim Publikum als Künstler nicht ankommen
Zwerchfell-akte / die unbegründete Behörden-paranoia

Anhang

1   Dass sinnliche Paradieserwartungen heute eine bedeutende Rolle spielen, zeigt folgende Ansprache eines Mullah:
„Oh, Brüder im Glauben, wir empfinden keinen Verlust. Der Märtyrer, wenn er Allah trifft, erreicht Vergebung mit dem ersten Tropfen Blut. Er wird errettet von den Qualen des Grabes und sieht seinen Platz im Paradies. Er wird vom großen Schrecken (dem Jüngsten Gericht) errettet. Er erhält 72 schwarzäugige Frauen, 70 seiner Familie kommen durch ihn in den Himmel, er wird gekrönt mit der Krone des Ruhmes, deren Edelstein besser als die ganze Welt ist und besser als all das, was darinnen ist."
(Auszug aus der Predigt Sheich Isma'il al Ghadwan, die er in der Sheik-Ijlin-Moschee in Gaza hielt [Fernsehübertragung der palästinensischen Autonomiebehörde am 17.8.2001]. Die Übersetzung, die diesem Text zugrunde liegt, befindet sich auf www.memri.org).

2   Der Begriff „spätere Jungfrauen" bezeichnet einen Zustand von ehemaligen Prostituierten, welche durch ihr biologisches Alter und durch spirituelle Entwicklung zu seligen Jungfrauen reiften.

3   Die überwiegende Zahl an Döner- oder Kebab-Konsumenten sind Deutsche, um aber niemanden zu diskrimminieren, beziehen wir ALLE mit ein.